千萬不要告訴別人!

.童嘉.

「.......................
....
........千萬不要告訴別人！」

「好！」

「．．．．．．．．．．．．．．．．．．．．．．
．．．．．．．．．．．．．．．．．．．．．．
．．．．．．．．．．．．．．．．．．．．．
．．．．．．．．千萬不要告訴別人！」

「唔！」

4

「．．，．．．．．．．．．．．．．．．
．．．．．．．．．．．．．．．．．．．．
．．．．．．．．．．．．．．．．．．．．
．．．．．．．．．．．．．．．．．．．
．．．．．． 千萬不要告訴別人！」

「喔！」

「．．．．．．．．．．．．．．．．．
．．．．．．．．．．．．．．．．．．．．．
－－－－－－－－－－－－－－－－－－－－－－－－－
－－－－－－－－－－－－－－－－－－－－－－－－－
－－－－－－－ 千萬不要告訴別人！」

「喵！」

「．．．．．．．．．．．．．．．．
．．．．．．．．．．．．．．．．．
─ ─
─ ─
．．．．．．．．．．．．．．．．．．．．．．
─ ─ ─ ─ ─ ─ 千萬不要告訴別人！」

「呱！」

「・・・・・・・・・・・・・・・・・・・・・・・・
・・・・・・・・・・・・・・・・・・・・・
--- --- --- --- --- --- --- ---
---- --- --- --- --- --- ----
--- --- --- --- --- --- --- ---

・・・・・・・・・・・・・・・・・・・・・・
--- --- --- --- --- --- --- ---
・・・・・・・・・・　千萬不要告訴別人！」

「嘶嘶嘶！」

「．．．．．．．．．．．．．．．．．．．．．．
▬▬▬　▬▬▬　▬▬▬　▬▬▬　▬▬▬　▬▬▬　▬▬▬
▬▬▬　▬▬▬　▬▬▬　▬▬▬　▬▬▬　▬▬▬
▬▬▬　▬▬▬　▬▬▬　▬▬▬　▬▬▬　▬▬▬
▬▬▬　▬▬▬　▬▬▬　▬▬▬　▬▬▬　▬▬▬
．．．．．．．．．．．．．．．．．．．．．．
．．．．．．．．．．．．．．．．．．．．．
．．．．．．．　千萬不要告訴別人！」

「噈！」

「・・・・・・・・・・・・・・・・・・・・・・・・・・
～～～～～～～～～～～～～～～
--- --- --- --- --- ---
---- ---- ---- ---- ----
--- --- --- --- --- ---
---- --- --- --- ---
～～・～～・～～・～～・～
・・・・・・・・ 千萬不要告訴別人！」

「哦！」

「....................

. . . .

--- --- --- --- --- ---

--- --- --- --- --- ---

--- --- --- --- --- ---

~~~~~~~~~~~~~~~~~~~

~~・~~・~~・~~・~~

~~~~~~ 千萬不要告訴別人！」

「啊？」

「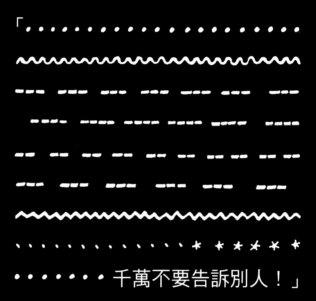‥‥‥千萬不要告訴別人！」

「嗯！」

「＊＊＊＊＊×××××××

〜〜〜〜〜〜〜〜〜〜〜

＊＊＊＊＊・・・・・・・・・

・・・・・・・・・・・・・・・

・・・・・・・・・・・・・・・

ーーーーーーーーーーーー

ーーーーーーーーーー

ーーーーーーーーーー

・・・・・・千萬不要告訴別人！」

「喔？嗡嗡翁・・・・・」

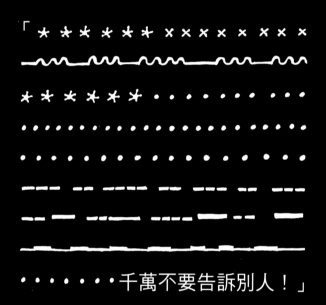

「×××××××✶✶✶✶✶✶
✶✶✶✶×××✶✶✶××
→→→→→→→→→→→→→→
━ ━ ━ ━ ━ ━ ━ ━ ━ ━ ━ → → → →
• • • • • • • • • • • • • • • • • • • •
• • • • • • • • • • • • • • • • • • •
• • • • • • • • • • • • • • • • • •
• ✶ • • ✶ • 千萬不要告訴別人！」

「！！！！！！！」